ワンダ・ガアグの「グリムのむかしばなし」について

松岡享子

のら書店

はじめに

のら書店から、ワンダ・ガアグのグリムの昔話、『Tales from Grimm』を訳してくれないかとお話があったのは、もう何年も前のことです。お引き受けしますとお答えしたものの、手をつけないまま、どんどん時間がすぎました。ほかの仕事――そのいちばん主なものは、岩波新書の『子どもと本』でしたが――で手いっぱいだったということもありますが、でも、ほかにもまだ、すぐにとりかからなかった理由がありました。

ひとつは、グリムには、すでに子どものためのいい本が何種類か出ているという事実です。とくに、こぐま社の『子どもに語るグリムの昔話』全六巻は、わたしもその出版にいささか関わったもので、現在、お話を語る人たちには、定番のテキストとして活用されています。ただ、この本には挿絵がなく、中扉にカットがあるだけです。ガアグのグリムは、何よりも挿絵がすばらしく、その挿絵のためだけでも出版されてほしいという気持ちがありました。でも、テキストとしてどうなのか、まだよく吟味していなかった時点では、確信がもてませんでした。

それに、わたし自身、あまりグリムを語ってこなかったということがあります。わたしが語ってきたのは、「一つ目、二つ目、三つ目」――これは、子どもたちに長く語ってきました――のほかには、「マレーン姫」、「池の中の水の精」、「ラプンツェル」くらいで、おとなの人に、ほんの数回語ったことがあるだけです。ほかの国の昔話に比べて、とくにグリムに愛着をもっているというわけではありませんでした。

ただ、聞くだけは、それはたくさん聞いてきました。もう四十年以上もつづいている東京子ども図書館のお話の講習会では、受講生は数多くのグリムを語ります。また、修了生からは、グリムの昔話が、どれほど子どもたちを惹《ひ》きつける力が強いかという報告を、何度となく耳にしています。
「おいしいおかゆ」、「赤ずきん」、「おおかみと七ひきの子やぎ」、「ねむり姫」、「かえるの王さま」は、何度聞いたか数えられないほど聞きましたし、「ホレおばさん」、「こびととくつや」、「ルンペルシュティルツヒェン」、「がちょう番のむすめ」も、よく聞きます。そのほか、「ブレーメンの音楽隊」、「みつけどり」、「三枚の鳥の羽根」、「おどっておどってぼろぼろになったくつ」、「六人男のしあるく」、「森の中の家」も語り手たちに好まれ、よく語られています。「鉄のハンス」、「つぐみひげの王さま」、「忠臣ヨハネス」、「鳴いてはねるひばり」などの大作に挑戦する人も少なくありません。毎月のように、グリムの昔話を聞いて、なんとなくグリムは、わたしにとっては聞く話で、語る話ではないような気持ちになっていたかもしれません。ましてや、訳すとなると、語る以上に物語に深く踏みこまなくてはなりませんから、それだけの熱意が自分にあるかしら、と危ぶむ気持ちもどこかにあったのです。

二〇一五年の二月に『子どもと本』が刊行され、ほっと一息つくことができました。東京子ども図書館の責任者の立場からも離れ、書きものに以前より多くの時間を使うことができるようになりました。そこで、その年の夏ぐらいからでしょうか。いつまでものら書店とのお約束が果たせないのも、申し訳ないと、ガアグのグリムに取り組むことにしたのです。

ところが、翻訳をはじめたとたん、といっていいでしょうか。わたしは、たちまちガアグのグリムのとりこになってしまいました。挿絵の方はさておいて、ガアグの語り口にすっかり魅了されてしまったのです。ひとりでにリズムがついてくる文章、くっきりと絵になって見える描写、生き生きとした会話、ワンダがそこにいて語りかけてくれているような気分で、たのしくてたまらなくなったのです。

わたしはこれまで、たくさんの絵本や童話を翻訳してきました。そのどれも、すきな作品で、翻訳することをつらいとか、たいへんだとか思ったことは一度もありません。どの作品もすきですし、たのしんで訳してきました。けれども、今回のこのグリムは、今までとは一段と違ったたのしさでした。なんといったらいいのでしょう、まことに心弾《はず》む体験でした。

わたしは、十年ほど前に、蓼科の八ヶ岳のふもとに山の家をつくったのですが、東京子ども図書館の理事長職を退いてからは、なるべく月の半分を山で過ごすようにしています。山では、ほんとうに集中できて、仕事がはかどるのです。この山での時間を、グリムの翻訳にあて、一話、また一話と訳業をすすめていきました。

こうして、『Tales from Grimm』にある十六話を訳し終えたのが二〇一六年の夏だったでしょうか。もともとは一冊の本を二分冊にして出版してはどうかと提案したのはわたしです。十六話を一冊にすると、かなり分厚くなると思われ、子どもには、もう少し小ぶりで、薄い方が、手に取りやすいと思ったからです。小学校二、三年生の子どもでも読めるようにと思えば、活字も大きくしたいですし、行間もあけて、ゆったりとした紙面にしたいと思いましたから。

結果として、この二分冊案は成功したと思います。何度も打ち合わせをして選んだ版型、レイアウトは、手に取りやすく、読みやすいものになったと思います。のら書店の編集者をはじめ、社のみなさんが、こんどのグリムをたいそう気に入ってくださって、編集にもとても力を注いでくれました。デザイナーとも、何度もやりとりをして、関係者全員が満足するまで、粘り強く仕事をすすめてくださったのも、うれしいことでした。こうして、原稿が一応整ってから、約一年かけて、『グリムのむかしばなしⅠ』が、本になりました。

出来上がった本について、お話する前に、少し、作者のワンダ・ガアグについてご紹介しておきましょう。

ワンダ・ガアグについて

もし、みなさんがワンダ・ガアグの名を記憶にとどめていらっしゃるなら、それは『一〇〇まんびきのねこ』の作者としてではないでしょうか。アメリカでこの本が出版されたのは一九二八年です。その後、三〇年には、マージョリー・フラックの『アンガスとあひる』、三四年にはロイス・レンスキーの『ちいさいじどうしゃ』、三五年にはマリー・ホール・エッツの『ペニーさん』、三六年にはロバート・ローソンの『はなのすきなうし』、三七年にバージニア・リー・バートンの『いたずらきかんしゃちゅうちゅう』、四一年にロバート・マックロスキーの『かもさんおとおり』と、続々出版され、アメリカ絵本の黄金時代がやってくるわけですが、ガアグは、そのさきがけとなった、アメリカの生んだ最初の絵本作家といってもいい存在です。

ワンダ・ガアグは、一八九三年にミネソタ州のニューウルム（New Ulm）に生まれました。そこは、ドイツや、オーストリアから、新しい天地を求めて移住した人たちの住む地域で、ワンダの父親は、ボヘミア——今でいうチェコ——からの移民でした。ワンダは、自伝のまえがきで、「私はアメリカで生まれたが、時々、幼児期をヨーロッパで過ごしたような錯覚を覚える」と述べていますが、この地域では、ことばもドイツ語で、人々は、万事ヨーロッパ風の暮らしをしていました。

ワンダの祖父は木彫りの名人、父親は画家で音楽の才能もあり、母親の一家も、絵も描けば、楽器もつくる、芸術一家だったそうで、ワンダは、両親の双方から、豊かな才能を受けついだといわれています。

ワンダは長女で、その下に五人の妹とひとりの弟がありました。子どもたちは全員絵を描くことがすきで、日曜日や休みの日には、台所の大きなテーブルで、みんなで絵を描いてたのしんだということです。父親は、画家でしたが、生活のために、教会や公の建物や、家々に装飾をほどこすことを仕事にしていました。

ワンダの子ども時代は、ほんとうに幸せなものでした。両親の愛情に恵まれ、祖父母、叔父叔母たちにもかわいがられ、お話を聞き、本を読み、絵を描き、音楽を奏で、踊りをおどり、子どもたちでお芝居をしてたのしむなど、申し分のない豊かな子ども時代を過ごしました。

ところが、その幸せな子ども時代が、父親の死によって終わりを告げます。ワンダが十五歳のときのことでした。父の長患いによって、蓄えは乏しく、母も看病と気疲れで弱っており、長女であるワンダは、一家の責任を負う立場になったのです。このときから妹や弟が成人するまでの何年間か、ワンダは、一家の生活を支えるために奮闘します。周囲からは、学校はやめて働くようにすすめられますが、ワンダは、学校も、絵を描くこともあきらめようとはしませんでした。

それは、ひとつには、死の床で、父親がワンダにいったことば――「パパができなかったことを、どんなことがあってもワンダがやりとげるんだよ」が深く心に刻まれていたからです。ヨーロッパで正式に美術を学び、画家になりたいというのが、父の心からの願いだったのですが、生活のためにそれがかなわなかったからです。

からだが弱く、しょっちゅう床についている母をかばいながら、ワンダは家事をこなし、まだ赤ん坊だった弟の世話をし、時間のあるときに高校に通いました。そして、絵葉書や、カードを描き、いくつかの雑誌に、物語や絵を投稿して、賞金を稼ぐなどして、家計を助けました。バターや、クッキー、りんごなどもめったに口にできないような、つましい暮らしでした。

ワンダは、父の死後、父の使いかけの帳簿を見つけ、父にならって収入や支出、仕事上の記録をつけはじめますが、のちにはそれ以外のことも記すようになりました。それが、のちに公表されることになる日記、『ワンダ・ガアグ　若き日の痛みと輝き』です。

『三びきのやぎのがらがらどん』を描いた絵本画家マーシャ・ブラウン（Marcia Brown）は、一九九四年、日本各地で、ワンダ・ガアグと、バージニア・リー・バートンとマリー・ホール・エッツの三人展が開かれたときに来日し、「庭園の中の三人」と題した講演を行なっています。そのなかで、マーシャ・ブラウンは、ワンダのことをこんなふうにいっています。

――芸術家の中には、ごくまれにですが、自分を表現して優れた業績を残すだけでなく、頭脳明晰で、内的葛藤を明確に表現することができるために、自分以外の芸術家の代弁者となる人がいます。ワンダ・ガアグはそのような人でした。

この自伝は非常に大部なものですが、マーシャのいう通り、ガアグだけでなく、画家、あるいは芸術家の内的な成熟過程について、あるいは思春期の少年少女の心の動きについて多くを語ってくれるものです。

この日記を読むと、ワンダが生活のために、どんなに身を粉にして働いたか、どんなに無理をして高校に通いつづけたか、父親のことばを胸に、どんなに一所懸命絵を描きつづけたかが、痛いほどわかります。もちろんもって生まれた才能もありますが、この間、絵がいくつかの賞をとったこともあり、奨学金を得て、美術学校にすすむことができました。

二十四歳のとき、母も亡くなり、ワンダは文字通り一家の大黒柱にならなければならなくなりました。幸い上の二人の妹たちが働けるようになっていたので、一家はニューウルムの家を売ってミネアポリスに移り、ワンダは、奨学金を得て、画学生たちのあこがれであるニューヨークのアート・スチューデンツ・リーグで勉強することになりました。

生活の苦労は、それからの何年間も、ワンダについてまわりました。妹たちが自立して、少し余裕ができたかに見えたとき、大恐慌が起こり、蓄えのほとんどが消えてしまうという目にもあいました。それでも、商業美術の世界からの誘いをしりぞけ、ひと夏をコネチカットの農家を借りて制作に励みます。

その後、カール・チグロッサー（Carl Zigrosser）というニューヨークの有名なヴァイユ・ギャラリー（Weyhe Gallery）の責任者が、ワンダの絵を認め、大量に買い取ってくれ、自分のギャラリーでワンダの個展を開いてくれたのです。ワンダ三十三歳のときでした（チグロッサーは、その後も生涯ワンダの相談相手として、彼女を助けます）。

その個展を見にきていたのが、カワード・マッカン（Coward-McCann）という出版社の児童書編集者アーネスティン・エヴァンズ（Ernestine Evans）で、エヴァンズは、ワンダに子どものための絵本を描かないかともちかけたのでした。

実は、ワンダは、それまでに、試しにいくつも絵本を描いていました。そのころ寄宿していた家庭にふたりの小さな子どもがいて、よくお話をせがまれていたのです。妹や弟が小さかったとき、よくお話をしてやっていたワンダは、この子たちのために即興でお話を語ってやっていました。子どもたちが喜び、くり返し語っているうちにだんだん形が整ってきたものを、いくつかの出版社に送ったのですが、ひとつも採用されませんでした。

エヴァンズに見せたのは、描きためていた絵本のひとつ『一〇〇まんびきのねこ』(Millions of Cats)でした。もうほぼ完成の域に達していた原稿は、すぐに印刷にまわされ、出版されました。一九二八年、ワンダ三十五歳のときでした。

その後、ワンダは、『へんなどうつぶ』(The Funny Thing　一九二九)、『スニッピーとスナッピー』(Snippy and Snappy　一九三一)、『The ABC Bunny』(一九三三)、『すんだことはすんだこと』(Gone is Gone　一九三五)と、つぎつぎに絵本を刊行していきます。『The ABC Bunny』は、日本語には訳されていませんが、歌になったアルファベットの本です。これは、わたしがアメリカの図書館で働いていたとき、小学校低学年のふたりの姉妹といっしょによくうたったもので、思い出深い本です。

『グリムのむかしばなし』の誕生

こうして、絵本作家としてよく知られるようになっていたワンダに、ひょんなことから、グリムの昔話に取り組む機会が与えられました。それは、一九三二年、ワンダ三十九歳のときのことでした。ニューヨークの主要新聞ヘラルド・トリビューン紙が、秋の子どもの読書週間の特集記事のために大きな絵を描いてくれるよう、ワンダに依頼したのです。子ども読書週間は、一九一九年に制定された子どもの読書推進のための全国的な催しです。

ワンダは、このとき、ヘンゼルとグレーテルの絵を描くことに決めました。ところが、描いているうちに、毎日のように昔話を聞いてたのしんだ子ども時代の思い出が、にわかにどっと甦《よみがえ》ってきたのです。このときのことを、ワンダは、『グリムのむかしばなし』の解説のなかで、つぎのように述べています。

――ヘンゼルとグレーテルの挿絵をかいている最中のことでした。古い昔話の魔法が、ふたたびわたしを強くとらえました。そして、昔話がわたしにとってどんな意味をもっていたか、そのすべてを絵のなかに表現しつくすまでは、心が休まらないと感じました。

そう、そのときから、ワンダのグリムとの取り組みがはじまったのです。さきほど、ワンダは、ほんとうに幸せな子ども時代を過ごしたと申し上げました。

その幸せのなかには、おとなたちから昔話を語ってもらうという幸せが含まれていました。ワンダのことばを借りると、こんなふうでした。

――子どものころ、たいていは夕暮れどきでしたが、だれかおとなが、よく「さあ、すわって、ワンダちゃん、お話《メルヘン》をしてあげよう。」と、いってくれました。すると、わたしは、わたし用のゆりいすにすっぽりおさまって、これから聞くのがなんの話であれ、われを忘れてそれに身をゆだねようと、待ち構えたものです。空気は一変して、気分は高まり、「さあ、何か起こるぞ」という期待で全身がぞくぞくし、まるで汁気たっぷりの梨に、がぶっとかぶりつく直前のような興奮を覚えたものです。

こんなふうにして、幼いワンダは毎日のように昔話《メルヘン》を聞いて育ったのです。先に、ガアグの一家はボヘミアからの移民で、地域のことばはドイツ語だったと申しましたが、実際、ワンダは、学校へはいって初めて英語にふれたのです。家庭のことばがドイツ語なら、語られる昔話もドイツのもの、すなわちグリムの昔話だったのです。

ワンダに昔話を語ってくれたのは、両親、祖父母、そして、叔父、叔母たちでした。また、うちには、大切にしている本が何冊かありましたが、そのうちの一冊は、グリムの昔話でした。ワンダは、くり返しこの本を読んだに違いありません。解説のなかで、「わたしは、十四歳でも、まだ熱心に昔話を読んでいましたし、おまじないがきくかどうかためしてみたりしていました。」といっています。こんなふうに、ワンダは、子ども時代を、いわば昔話にどっぷり浸って過ごしたのです。

そんなワンダでしたから、ヘンゼルとグレーテルの絵を描くことで呼び覚まされた昔話への思いは、ただならぬものがありました。「これを表現しつくすまでは、心が休まらない」とまで感じていたのですから。でも、このとき、ワンダが表現したいと思っていたのは絵でした。自分のなかにあるグリムの昔話の世界を絵に表現したいと思っていたのです。

ところが、それに取り組むうち、ワンダは、英訳されたグリムに接することになります。ニューヨーク公共図書館の児童部長だったアン・キャロル・ムーア（Anne Carroll Moore）や、コロンビア大学の教師養成校のアン・T・イートン（Anne Thaxter Eaton）など、本の謝辞に名まえのあがっている人たちが、ワンダにグリムの本をつくることをすすめ、資料を提供して、彼女を助け、励ましました。

このとき提供された、いくつものグリムの英訳を読んだワンダは、その文章が、so stilted and unimaginative——堅苦しくて、想像力に欠ける——と感じました。自分が子どものとき、昔話を聞いて味わったぞくぞくするようなたのしさ、生き生きした感じが感じられない、自分がメルヘンを聞いたときは、昔話の世界がもっと身近にあったような気がする、と思ったのですね。

そこで、ドイツ語のグリムを取り寄せて読み、それを、自分で、子ども時代の感覚を呼び起こしながら、readable, live, smooth-flowing prose——読みやすい、生き生きした、なめらかに流れるような文章に訳してみようと決心するのです。アン・キャロル・ムーアは、ワンダに、「原文の字句にとらわれず、自由に翻訳するように、そして、ヘラルド・トリビューン紙に描いたようなスタイルで挿絵を描くように」と、アドバイスしています。

ヘラルド・トリビューン紙にヘンゼルとグレーテルの絵を描いた一九三二年から、ワンダのグリム翻訳と、挿絵の仕事がはじまります。それは、死ぬまでつづきます。最初の計画では、二百ほどあるグリムの昔話から六十話を選び、それにたっぷり挿絵をつけて、三冊本にするつもりでした。が、結局、一九三六年に出た『Tales from Grimm』には、十六話だけがはいりました。当初予定していた「白雪姫」や「三枚の鳥の羽根」は、はいりませんでした。

ワンダが、この仕事のために、猛勉強したことはわかっています。母語であったドイツ語ですが、辞書を買って、改めて学びなおしていますし、英訳は、イギリスで出たもの、アメリカで出たもの、すべて読んでいます。解説にもありますが、グリム兄弟による注釈書も、昔話に関する研究書も読んでいたようです。

文章を読みやすくすることには、とくに心を砕いたようで、この本の出版元カワードマッカン社の児童書編集者ローズ・ダブス (Rose Dubbs) によると、野原を歩きながら、リズミカルな語り口になるよう、声に出して何度もためしたということです。

文章についても、完成するまでに何度も書き直したように、挿絵についても、何段階ものステップを踏んでいるようです。翻訳しながら、どんな挿絵を描いたらいいか、浮かんだアイデアをちょっとした線などにメモをする（これは、画家の速記のようなもの、とチグロッサーはいっています）。つぎに、最初のアイデアを展開して、鉛筆かインクで、もう少し完成された絵に仕上げる。そして、テキストがすっかり完成してから、それをもとに最終的な絵を描く、というのが、ワンダのいつもの手順だったようです。

今は博物館になっているワンダの生家を訪れて、ワンダの画稿を見た方の話では、同じ場面を何枚も、何枚も描いている。わたしたちが見ると違いがわからないくらいなのに、とのことでした。完璧主義のワンダは、これでいいと自分で思えるまで、何度でもくり返し手を入れていたのでしょう。

『Tales from Grimm』の場合、テキストが完成して、最終的な挿絵にとりかかろうとしたとき、妹のネルダが病気にかかり、そのため、ワンダは仕事を中止して、病院探しや、看病に専念します。幸い、新しい薬が見つかって、妹は回復しましたが、看病のために費やされた時間をとりもどすために、ワンダは、そのあと、猛烈な勢いで、挿絵にとりかかります。このときのことを、ワンダの親友で、ワンダの伝記作者でもあるアルマ・スコットは、「描いて、描いて、描いて、目が悪くなっても、眼鏡をあつらえにいく間も惜しんで描いた」と、記しています。

出版元がカワードマッカン社だったことも、ワンダには幸いでした。同社は、新しい出版社で、昔話の価値を認めており、ワンダの仕事を好意的に迎えてくれたからです。というのは、今から考えるとおかしいと思われるかもしれませんが、当時、教育界では、昔話は、子どもによくないという議論が盛んに行なわれていました。この科学全盛の時代にあって、非科学的な昔話には存在の余地がない、と考える人たちが大勢いたのです。昔話のなかの残酷な要素が、子どもにわるい影響を及ぼすという議論も盛んでした。

グリム出版の二年後、ワンダは、ニューヨーク公共図書館で、昔話について講演をしています。この講演は、翌一九三九年に、I Like Fairy Tales――わたしは、昔話がすきです――という題で、ホーンブックという児童文学の専門誌に掲載されます。ワンダは、昔話が子どもによくない、あるいは今の子どもは昔話を欲していないという説に対して、自分の子ども時代の経験に照らして、真っ向から反論しています。

残酷性についても、新聞、ラジオ（その当時は、まだテレビは問題にはなりませんでした）、映画などにくり返し出てくる暴力や、殺人などの映像――うめき声や悲鳴をともなった――のほうがよっぽど残酷ではないだろうかと問いかけています。ワンダはいいます。

――昔話が、「むかし、むかし」、大男が首を切り落とされたというとき、血は流れません。ごたごたもありません。まるで丸太が真っ二つに割れたようです。さらには、狼のお腹が割《さ》かれて、そこからまったく傷ついていない元気な子ヤギが七匹（ほんとは六匹！：筆者註）出てきて、それからいつまでも幸せに暮らしました、という話もあります。わたしにいわせれば、これらの話は、今日大多数の子どもたちがさらされているものに比べて、まっとうで、健全といって悪ければ、ほとんど無害といっていいと思います。

大男の首が切り落とされるのは、まるで丸太が真っ二つに割れたようだと聞くと、わたしたちは、すぐマックス・リューティが『ヨーロッパの昔話』のなかで、昔話の主人公は肉体をもたない図形のようなものだといっていることを思い出します。リューティの研究も、ブルーノ・ベッテルハイムの『昔話の魔力』のような深層心理学による昔話研究もまだ世に出ていないときに、ワンダは、自分の子ども時代の体験に基づいた洞察によって、これらの研究者たちの研究結果とまったく同じ主張をしているのです。

ワンダは、しかし、残酷性の問題についてよほど気にしていたようで、『Tales from Grimm』を刊行するとき、いろんな人の意見を求め、考え抜いています。ワンダが相談をした図書館員や、教育関係者たちは、昔話のなかの残酷な要素は、けっしてそれだけで子どもに悪影響を及ぼすわけではない。適度の遊び心と、ユーモアをもって語られる場合、子どもの心に害を与えることはなく、むしろ、そういう要素をまったく取り去ってしまうと、物語の魅力はなくなってしまうという点で、意見が一致していました。

それでも、まだ安心できなかったのでしょうか。ワンダは、親友のアルマに、彼女の幼い娘に残酷な場面の出てくる物語を聞かせて、その反応を教えてくれるように頼んでいます。アルマが選んだのは、「赤ずきん」でした。それも、狼がおばあさんと赤ずきんを頭から丸呑みにし、そのあと猟師が狼のお腹を切り裂くと、赤ずきんとおばあさんが出てくるという「こわい」場面をたっぷりもったバージョンでした。当時四歳だった娘さんは、目をぱっちりと見ひらいて、じっと聞いていましたが、聞き終わって最初にいったことばは、「ママ、おおかみのお腹からでてきたとき、おばあさんは何を着ていたの?」でした! 残酷と考えられる場面が必ずしも子どもの恐怖を呼び起こすわけではないことが、これで実証されました。

ワンダは、また、自分が子どものときに見たグリムの本の挿絵をよく憶えていました。そして、節度をもって描かれた、よい挿絵が子どもの空想を引き出す刺激になると同時に、残酷さから子どもを守ることができることを知っていました。文章についてもいえることですが、ワンダは、残酷な場面をリアルに、生々しく描いてはいけない、適度に様式化し、何よりもユーモアをもって描くべきだと考えていました。そして、本をごらんになるとおわかりのように、その通りの絵を描いています。

ホーンブックに寄稿した文章のなかで、ワンダは、自分の意図がちゃんと子どもに受け取られた証しとして、ワンダのグリムを読んだ五歳の男の子のことばを、いさかうれしそうに引用しています。この子は、「なんだかおかしかった。とくに『竜とそのおばあさん』の竜はおもしろかった。それに、ヘンゼルとグレーテルのおそろしい魔女を見たら笑っちゃった。」といったのです！

ほんとうに、ワンダのこの本に対する熱の入れようは大したものでした。活字の大きさや、種類についても、細かく気を配っていました。ワンダの担当編集者だったローズ・ダブスは、このときのことを思い出してこう話しています。

――ワンダは、よくこういっていました。「出来上がったときに、ページがどんなふうに見えていてほしいか、わたしにはよくわかっているの。こんなに小さくて、がっちりしたお百姓の絵には、きれいな活字じゃだめ。お百姓のように、しっかりして、丸みがあって、がっちりしたのでなきゃ。わたしのいってることわかる？もし、活字が軽すぎたら、このページにはそぐわない。もし、重すぎたら、挿絵をページの外に押し出してしまう。だから、絵と活字がぴったり合って、まわりの余白ともきれいにバランスがとれていたら、挿絵としては完全になるの。」また、こうもいっていました。「お話のなかにお姫さまや王子さまがこんなにたくさん出てくるのだもの、活字もそれにならって、ちょっとエレガントでなくっちゃね。」と。

ローズ・ダブスによると、ワンダは活字についても、細かく配慮していました。読みやすさということを、とても大事に考えていたのです。『グリムのむかしばなし』のとき、何種類も見本をとって、やっとこれでいこうと決めたあとも、まだ満足していませんでした。そして、子どもたちに相談した結果、何が自分の不満足の原因かをつきとめたのです。

昔話年齢が、以前より下がってきて、八歳から十歳くらいになってきていること、その子たちは、「by words」、つまりひとつ、ひとつの単語を読むことを教わっている年齢だということを考えると、単語と単語の間がつまっているとうまく読めない。活字を大きくするだけではだめで、単語と単語の間に十分アキをとらなくてはいけない。そう気づいたワンダは、編集者に、通常より単語の間のアキを大きくとった見本をもう一つとってくれないかと頼んだということです。子どもの求めているものをきちんと受けとめるのは、作者の考慮すべき事柄だと思っていたのですね。ダブスは、ためしに八歳から十歳の子どもに、ワンダのグリムと、ほかのグリムを、読んでもらってみてください、目からうろこが落ちるでしょうといっています。

こんなふうにして『Tales from Grimm』は刊行されたのです。

この本に対する反響、書評など

ワンダの新しいグリムの本は、おおむね好評をもって迎えられました。大歓迎したのは、児童図書館員たちでした。一九二〇年代から、アメリカの図書館では、お話——Storytelling——が盛んになってきていました。イギリスからマリー・シェドロック（Marie Shedlock）というすぐれた語り手が来て、全国を回ってお話をひろめていたのです。児童図書館員たちのあいだでは、ストーリーテリング熱が高まっており、図書館員たちは、語りに向くテキストを求めていました。簡潔でリズムのある文章、親しみやすい人物像、子どもにも納得できる筋運びをそなえたガアグのこの本は、まさにその要求に応えるものだったからです。

ワンダを後押ししてきたアン・キャロル・ムーアは、ホーンブックや、アトランティック・マンスリーに好意的な書評をのせましたし、アン・T・イートンは、ニューヨークタイムズの書評欄につぎのように書きました。
「ワンダ・ガアグの翻訳と挿絵は、昔話のエッセンス――そのドラマ、ふしぎ、喜び――をとらえている。そして、新たなみずみずしさと熱意をもって、これら昔話の本質を子どもたちに届けている。」

ヘラルド・トリビューン紙のメイ・ベッカーは、グリムのよい翻訳が長い間待たれていたことを指摘し、ガアグの本がその要求を満たしたと述べました。そして、ガアグの翻訳は、「話しことばの感じをもっており、読むことは、まるで語り手のことばに耳を傾けているような感じがする」と評価しました。

『Tales from Grimm』は、アメリカで出版された翌年、イギリスでも出版されました。ここでも、好意的な書評が見られます。オブザーバー紙では、ハムバート・ウォルフェ (Humbert Wolfe) が、挿絵よりも翻訳のほうに力点をおいて、「最初の一ページから明らかなことは、ガアグ女史は、ぎこちないことばづかいの藪《やぶ》にばっさりと斧をいれ、明るい光をいれた」と、いっています。

『ジュニア・ブックシェルフ』（Junior Bookshelf）という児童文学専門の書評誌には、無署名ですが、「文章は、構造的にシンプルで、よどみない。原著のもつ peasant quality――庶民的な、土臭さといったらいいでしょうか――昔話を語り伝えてきた農民たちの生活感覚がよく表れていて、ユーモアがある」という評が掲載されています。このなかでいわれていることば――「この新しい翻訳は、これまでの翻訳よりも、わたしたちをずっとグリムの本髄《ほんずい》に近いところへと連れ戻してくれた」は、おそらく最高のほめことばではないか、とワンダの評伝を描いたカレン・ネルソン・ホイル（Karen Nelson Hoyle）は述べています。

マーシャ・ブラウンのことばを借りれば、「（ワンダの語り口は）世話好きであたたかいおばあさんが取り仕切っている居心地のよい台所で焼きあげられた、出来立てのクッキーのような香りがします」ということになります！

三十年ものちのことになりますが、マーカス・クラウチ（Marcus Crouch）という児童文学の評論家は、「すべてのグリムの翻訳者のなかで、ワンダ・ガアグがもっとも成功しているのは、彼女には、基本的に sophistication がまったく欠如しているからだ」と、述べています。sophistication というのは、日本語に置きかえにくいことばですが、よい意味に使われるときは、洗練されたとか、垢抜けた、あるいはしゃれたとかになりますし、わるい意味になると、世間ずれしたとか、不純な、あるいはごまかしの、とかになります。基本的には、純粋さや、素朴さ、土臭さが失われた状態を意味すると考えていいでしょうか。この場合は、それに当たるでしょう。つまり、グリムの昔話がもっている純粋なもの、真正なもの、素朴さ、土臭さ――そういうものから離れていない。そういうものを減ずるような方向で洗練されることが決してなかった、ということをいいたかったのだと思います。クラウチ氏は、また、いくつかのグリムの英訳を丹念に比べて、ガアグの翻訳が耳に快いことを指摘し、ワンダは、非常に耳がよかったといっています。

多くの人が指摘するのは、文章の読みやすさ、なめらかな語り口、物語を伝えてきた農民の素朴な生活の味わいを保っていること、ユーモアがあること、話の選択が適切であることなどです。グリムのもっている北ドイツの不気味さが感じられず、挿絵もわざとらしいという否定的な書評もありましたが、全体としては、大歓迎されたといっていいでしょう。

これらの書評を読んでいてとても興味深く思ったのは、そのほとんどが翻訳をほめていて、本来画家であるワンダの挿絵については、言及していなかったことです（引用者がそこだけを取り上げていたからかもわかりませんが）。ワンダが最初にしたかったのは絵を描くことだったのに！

ワンダのグリムが、多くの人が感じたように、これらの特長をもつにいたったのは、ワンダの生い立ち、才能からいって、当然といえば当然でした。カール・チグロッサーは、ワンダがこの翻訳の仕事をするのに特別の資格をもっていた、といい、四つの点をあげています。ひとつは、ワンダが幼少期、ドイツ語を話す人々のあいだで育ったこと。二番目には、ヨーロッパの文化、伝統、昔話によって養われたこと、三番目には、農民の伝統というか、庶民の知恵、常識に親しんでいたこと、そして、四番目には、生まれつき物語の語り手としての才能があったということです。

『一〇〇まんびきのねこ』は、ワンダの創作ですが、物語の骨格が実にしっかりしています。これには、自分が子どものときに聞いた昔話――メルヘン――の影響があるのでしょうと、ワンダ自身がいっていますが、こうした物語の骨組みは、たくさんの昔話を聞くうちに自然に身についたものだったのでしょうし、幼い妹や弟のために、あるいは、下宿先の子どもたちのために、何度もお話をしてやった体験が、語り手としての素質を磨いたのでしょう。

しかも、ワンダは、絵を描くことができたのです。語りと絵の両方をひとりの人間ができるというのは、やはりすばらしいことだと思います。「シンデレラ」の意地悪なお姉さんたちの描写は、挿絵と相まって、絶大な効果を生み出しています。この語りで、この絵で、ワンダは、自分が幼い日に味わったメルヘンのもたらす愉悦を、形にして、わたしたちに遺してくれたのだと思います。

More Tales from Grimm

当初、ワンダは、グリムの二百話のなかから六十話ほど選び、三巻本にする計画をもっていたと申しました。『Tales from Grimm』をだしたあとも、残りのいくつかのお話のテキストを推敲し、挿絵の準備をすすめていました。けれども、病のために仕事を完成させることができませんでした。ワンダは、一九四六年の六月に癌のため亡くなります。まだ五十三歳の若さでした。

ワンダの死後、ほとんど完成していたテキストと、完成の度合いはいろいろながら、挿絵のために残された厖大《ぼうだい》な量のスケッチ――なかには、ほぼ完成した絵もありました――を前にして、家族、編集者などが相談した結果、これを本にしても、ワンダの作家・画家としての名声を傷つけることにはならないと判断して、More Tales from Grimm――『続グリムのむかしばなし』が、彼女の死後一年して刊行されました。

これには、「ねむり姫」、「こびととくつや」、「鉄のハンス」、「ヨリンデとヨリンゲル」など三十二話が収められています。挿絵は、完成の度合いにばらつきがあり、一巻目ほどの密度の高さは求めるべくもありませんが、今日でも、二冊は一組として、出版されつづけています。

訳者としての思い

さて、これまでガアグのグリムの翻訳についての批評を紹介してきましたが、これはすべて原著、つまり英語についての批評です。ずいぶんほめられていましたが、これがそのまま日本語訳にあてはまるとはかぎりません！　できるだけ、原著の特長――読みやすさ、なめらかな語り口、ユーモアなどを大切に、それを日本語でも表現できるように努力はしましたが、それが成功しているかどうかは、読者のみなさんの判断にゆだねるしかありません。最初にも申しましたが、この翻訳は、わたしにはほんとうにたのしくて、やっている最中、なんだかワンダがそばにいて、わたしの耳に語りかけてくれているような気さえしていました。同時進行の形で、彼女の自叙伝『若き日の痛みと輝き』や、アルマ・スコットやカレン・ホイルの評伝を読んだりしていたものですから、ワンダが非常に身近に感じられていたからでしょう。

実は、ちょっと熱に浮かされすぎて、勢いで仕事をしてしまったのではないかと、今になって心配になっています。わたしは、グリムの翻訳は、ワンダにとって、『一〇〇まんびきのねこ』をはじめとする絵本のすべてと匹敵する大きな業績だと感じています。ですから、ゆるされるなら、日本語の訳も、これからも語りの経験をふまえて、推敲を重ねたいと願っています。そのために、大勢の語り手の人たちが、実際に語ってみての感想や、聞いた子どもたちの反応を知らせてくださるとありがたいと思っています。ここにいらっしゃるみなさんのなかにも、子どもにこの本を読んだときの記録を送ってくださる方があればと願っています。

それはさておき、ここで、わたしが訳しながら、おもしろいと思ったこと、ワンダの人柄や、考え方がよく表れているなあと感じたこと、訳すうえでとくに注意したことなどをお話ししたいと思います。すでにお読みくださって、同じような感想をもっていらっしゃる方もおありかと思います。あるいは、これからわたしが申し上げるような視点から、もういちど読んでくださる方があればうれしく思います。

わたしは、翻訳がすっかり終わるまで、ほかの日本語訳を見ないようにしていました。読めばなんらかの影響を受けるでしょうし、無意識に真似をしてしまうおそれもあるかもしれないと思ったからです。訳し終えてから、初めて、いくつかのお話のいくつかの個所について、これまでのグリムと比べてみました。そして、場合によっては驚くほど違っていることを発見し、それによって、ガアグのグリムの翻訳の特長が改めて強く印象に残りました（以下、比較する対象としては、野村 泫《ひろし》先生の訳された筑摩書房版の『完訳グリム童話集』全七巻を用います）。

◆その1　画家の眼による〈目に見えるような〉描写

「ねことねずみがいっしょにくらせば」の例

＊完訳グリム童話集訳

猫がねずみと知りあいになりました。そして、あんたが大好きだ、仲よしになろう、というようなことをさんざん聞かせたものですから、とうとうねずみもその気になって、猫といっしょにひとつ家に住み、暮らしをともにすることにしました。

＊ガアグ訳

茶色がかった黄色の毛なみ、海のようなみどりの目、身のこなしも、立ち居ふるまいも申し分のないりっぱなねこどのが、ぶらっと食後のさんぽにでかけました。すると、何が見えたと思います？　ほかでもない、小さなねずみです。かたちのよいきれいな耳、まっすぐ相手を見つめる大きな目、だれもがすきにならずにいられないような、かわいいねずみでした。

ねずみはびっくりして、さっと逃げようとしました。が、ねこは、それを呼びとめました。たった今、まるまるふとったねずみを二ひき食べたばかりで、もう一ぴきつかまえる気にはならなかったのです。「かわいいねずちゃんや、」と、ねこはいいました。「どういうわけか、ぼくはきみがたいそう気にいった。どうだね、ぼくたちふたり、なかまになって、いっしょに所帯をもつことにしては？」

その場で食べられるのではないとわかってほっとしたねずみは、一も二もなくしょうちしました。

ねことねずみの外見はもちろん、性格までよく感じられます。また、こまかいことですが、ねこがラード（原文ではヘットになっています）を全部なめてかえってきたところ。

＊完訳グリム童話集訳

ねずみは頭をふっていましたが、そのうちにまるくなって、寝てしまいました。

＊ガアグ訳

それって、いったいどんな意味なのかしら？ と、ねずみは頭をふりふり考えました。それから、からだをまるめ、小さなまるい銀色の玉になってねむりました。

こういうところ、画家の眼が働いていることを感じます。〝小さなまるい銀色の玉〟なんていう表現は、愛らしいし、作者のこのねずみに寄せる感情まで感じさせます。

「ラプンツェル」の例

＊完訳グリム童話集訳

ふたりの家には、裏側に小さい窓がありました。その窓から、とてもきれいな花や薬草のいっぱい生えている、すばらしい庭が見えました。でも、その庭は高いへいに囲まれていて、だれもなかに入ろうとする人はいませんでした。というのは、その庭が、みんなからこわがられている、力のある魔法使いの女のものだったからです。

ある日、おかみさんがその窓のきわに立って、庭を見おろしました。すると、みごとなラプンツェルの植えてあるうねが見えました。それがなんともみずみずしく青々としていたので、おかみさんはほしくてたまらなくなり、なんとしても食べたいと思いました。

＊ガアグ訳

ふたりの家のうら庭には、物おき小屋があって、そこからは、となりの家の庭が見わたせました。おかみさんは、よく小屋の窓べに立って、この庭をながめました。というのは、そこは菜園になっていて、いつもよく手いれがいきとどいており、心をそそるようなたちにうえられたうつくしい花や、みずみずしい野菜が、元気よくそだっていたからです。菜園はたかい石の壁でかこわれていました。でも、壁があろうとなかろうと、だれかがそこにはいってくるという危険はありませんでした。というのは、ここは、ゴッテルばあさんという、国じゅうの人からおそれられている、力のつよい魔女のものだったからです。

ある夏の日のことでした。おかみさんは、いつものように、小屋の窓から魔女の菜園をながめていました。菜園の作物はどれもまっさかり。うねにそってきれいにうえられた明るい色の花々は、おかみさんの目をたのしませてくれましたし、生き生きとそだっている、いろんな種類の野菜は、おかみさんの食欲をそそりました。長い、実のしまったいんげん豆から、ぷっくりふくらんだ、緑のえんどう豆へ、青いきゅうりから、しゃきしゃきしたレタスへ、にんじんから、ゆれ動くかぶの葉っぱへと、あちこち目をうつしているうちに、おかみさんの口にはつばがたまってきました。

けれども、その目が一瞬、大きな苗床いっぱいにうえられた、緑の色もあざやかなランピヨン――この国では、それは「ラプンツェル」と呼ばれていました――の上にとまったとき、おかみさんは、なんともいえぬふしぎな感じにおそわれました。

おかみさんは、これまでもランピヨンのサラダが大すきでしたが、この魔女の畑のランピヨンは、それはそれは新鮮で、おいしそうだったので、どんな犠牲をはらっても、それを食べずにはいられない、という気がしたのです。

ほんとうに、情景が目に見えるようではありませんか。映画でいえば、カメラをおかみさんの目の位置において、野菜畑をはしからはしまでなめるように写していく。そして、ラプンツェルにたどりつく。そのあいだのおかみさんの気持ち、口につばがたまってくる様子などが、読者にもよく伝わってきます。

わたしが、とくにおもしろいなと思ったのは、「なんでもわかる医者先生」のなかで、とのさまがドアをたたいたときの、医者先生の描写です。

『完訳グリム童話集』の訳では、ただ、「殿さまは、馬車に馬をつながせ、その村へ出かけていきました。その人のうちに来ると、あなたがものしり博士ですか、とたずねました。」というだけです。そこを、ガアグ訳では、このように描写しています。

＊ガアグ訳

そこで、とのさまは、家の戸をたたきました。フィッシュどんは、その音を聞くと、めがねをかけなおし、時計につけたくさりをちょっと引っぱってから、山高帽をかぶり、でも、またそれをぬいで、それから、ようやく戸をあけました。

こういう例をあげていけばきりがありませんが、ガアグの目を通して描かれる状況は、ほんとうに生き生きしていて、読者にその場にいるような感じをもたらします。また、ガアグは、主人公の気持ちに寄りそった表現をすることによって、読者の一体感をさそい、全体として物語を読者に近い、非常に親しいものにしています。

かといって、昔話の持つ特質――心理描写や、情景描写をしない――という原則を踏みはずしているわけではありません。先にあげた医者先生の場面でも、「うろたえた」とか、「胸がどきどきした」とか、「いよいよ来たぞ、と身構えた」といった、いわゆる心理描写はしていません。外から見える医者先生の行動を描いているだけです。

　もうひとつ「ラプンツェル」で、女の子が生まれると、魔女がそれをとりにやってくる場面をとりあげてみましょう。

＊完訳グリム童話集訳

おかみさんがお産をすると、すぐに魔法使いがやってきて、子どもにラプンツェルという名をつけました。そして、いっしょにつれていってしまいました。

＊ガアグ訳

　このことがあってからまもなく、おかみさんは、うつくしい女の赤んぼうを生み、母親となりました。ところが、いくらもたたないうちにゴッテルばあさんがやってきて、男との約束どおり、子どもは自分のものだといいました。おかみさんのなみだも、男の懇願も、魔女の心をかえることはできませんでした。魔女は、ゆりかごから赤んぼうをだきあげ、つれさってしまいました。

　魔女は、その女の子にラプンツェルという名をつけました。おかみさんが食べなければ死ぬといい、男がぬすみにきた、あのさわぎのもとになった野菜にちなんでつけた名まえでした。

「おかみさんの涙、男の懇願」といって、子どもがつれていかれるのを、この夫婦が悲しんでいることが描かれてはいますが、ここまでで、その先、ふたりに言及することはありません。このあたり、ガアグが、物語に非常に近い位置に身を置きながら、昔話の特質をよくわきまえて、抑制をきかせていることがわかります。すばらしいバランス感覚だと思います。

　目に見えるように、という例の圧巻は、「シンデレラ」の、意地悪なおねえさんたちの描写でしょう。

＊ガアグ訳

いよいよ大舞踏会の一日めがやってきました。ふたりのねえさんたちは、この日のために、晴れ着の着つけにとりかかりました。それは、午後じゅうかかりました。着つけがすっかりおわったところは、まさに見ものでした。

身につけたのは、サテンとシルクのドレス。腰のうしろはふくらませ、胴体にはつめ物をいっぱいつめこみ、スカートはひだをつくってたるませ、そこをちょうむすびにしたリボンでとめてあります。そでは、けばけばしいかざりでつつまれています。からだにはちりんちりんと鳴る鈴をつけ、指にはぎらぎら光るゆびわをはめ、そこらじゅう、ルビーや、真珠や、小鳥の羽根でかざりたててありました！

顔はといえば、にきびは、おしろいでこてこてにぬりかため、きずあとは、月や、星や、ハートのかたちをしたシールでかくしています。髪の毛には、金の粉をふりかけ、たかだかとゆいあげて、そこに、大きな鳥の羽根と、宝石をちりばめた矢のかたちをしたかんざしをさしています。

（挿絵『グリムのむかしばなしI』98ページ）

文章と絵を、同じ人がかいているからこそ達成できるおもしろさでしょう。

◆その2　文章の調子のよさ

チグロッサーは、ワンダのことを生まれながらのストーリーテラー――語り手だといっていますが、そして、編集者のダブスさんは、ワンダが歩きながら、なんども文章を口にして、それがなめらかに流れるように努力したといっていますが、ほんとうに彼女の語り口は、調子がよくて、黙読していてもつい声に出してしまうほどです。読んでいると、ひとりでにリズムがついてきて、それに乗って読んでいると、とても快いのです。

「ヘンゼルとグレーテル」の冒頭はこうです。

In a little hut near the edge of a deep, deep forest

lived a poor woodchopper with his wife and his two children, Hansel and Gretel.
 Times were hard. Work was scarce and the price of food was high. Many people were starving, and our poor woodchopper and his little brood fared as badly as all the rest.

deep, deep forest――深い、深い森と、ことばを重ねるのもワンダの好んだところです。小鳥がヘンゼルのまいたパンくずを全部食べてしまったところも、

Little twittering birds which fly about in the woods and glades, had eaten them all, all up.

ぜんぶ、ぜーんぶ食べてしまっていたのです。とallを重ねています。

また、頭韻をよく使っているのも特徴です。しかも、とても感じがよくでることばを選んでいます。これは、うまく日本語に移しかえられないので苦労するところなんですが。たとえば、グレーテルが魔女をうまくかまどに押しこんだあと、

The Old One called and cried, and frizzled and fried, but no one heard.

callとcryというふうに、〔k〕の音を重ね、frizzleとfryと〔f〕の音を重ねています。frizzleは、擬態語といってもいいでしょうね。肉や魚を油で揚げたり、炒めたりするときに、ジュージュー、パチパチいう音をさします。fryは、もちろんフライです。オーブンのなかで、ジュージュー焼けている魔女の様子が目に見えるようではありませんか。しかも、called, cried, frizzled, fried, heardと〔d〕の音がたたみかけてくるのが、効果を生んでいます。

「三人兄弟」のなかの、末息子が剣の使い手になるために痛い目にもあい、苦労したが、へこたれなかったというところ、

but he never winced or whimpered

あるいは、剣をふりまわすところ、

——Yet harder fell the rain, faster and faster, until it seemed as though it were being poured by tubfuls from the sky——still his sword circled, swished and swirled.

こうした音の使い方も、例をあげればきりがありませんが、クラウチ氏が、ワンダの耳は、sensitive ——敏感で、感度が高いといっているのは、ほんとうだと思います。

◆その3　多彩な間投詞

ワンダのグリムに彩りを与えているのは、多彩な間投詞です。英語本来のものもありますが、ドイツ語起源のものもあり、それも、テキストの調子のよさに寄与していると思います。

Ach! は、ああ、おお、の意味ですが、最後の〔h〕の音を強く発音します。Ei, Ei! →アイ・アイと発音する、やれやれ、やれまあ、まったくなどの意味。Hei! →ハイと発音。英語の Hey。Hu! Hu! Hu! →びっくりしたとき。Hulla! →驚いたとき、心配なとき。Nu, Nu! など→やれやれという感じ。

「漁師とおかみさん」では、このNu!、Ach!、Ei! が何度もくり返されて、物語全体に勢いと味わいを生みだしています。このNu! は、どうしてもうまく訳せませんでした。

◆その4　語り口の親しみやすさ

文章の調子のよさと相まって、ワンダの翻訳は、読むものというよりは、語りかけてもらっているような感じがあるのは、ワンダが、物語の途中で、聞き手に問いかけたり、同意を求めたりする文をはさんでいることにもあると思います。「ヘンゼルとグレーテル」がお菓子の家で魔女に会うところ。

＊完訳グリム童話集訳

　ところが、このばあさんは、さも親切そうなふりをしているだけで、じつは、こどもたちが来るのを待ちぶせしている、悪い魔女でした。

＊ガアグ訳

　ところで、おばあさんは、なぜこんなことをしたのでしょう？　そう、この人について、ほんとうのことをお話ししておかなければなりません。

　この人は、親切でいい人のふりをしていますが、けっしてそうではありません。この人は、わるい、わるい魔女でした。

（＊ここにもまた bad, bad witch と重ねことばがでてきましたね。）

　お話の最後、まま母については、『完訳グリム童話集』の訳では、「おかみさんのほうは、そうこうするうちに死んでいました。」と、あっさり片づけられていますが、ガアグ訳では、こうなっています。

＊ガアグ訳

　ところで、あの薄情なまま母――あの人はどこにいるのでしょう？　そう、それをお話ししましょうね。

　ヘンゼルとグレーテルがいなくなってしまったとき、この女は、自分の亭主が、いなくなった子どものこと以外、なんにも考えられないことを見てとりました。これにすっかりはらをたてた女は、大きな赤いふろしきに、自分のもちものをぜんぶつつんで、うちをでてしまったのです。そして、それっきり二どともどってきませんでした。

　お話を聞いている子が、「おかあさんはどうしたの？」と、聞いているような話の運び方です。

　もう一箇所、「漁師とおかみさん」の中に、おかみさんが皇帝になって金の一枚板でできた玉座に座り、両側に儀仗兵が並んでいる場面があります。兵隊たちは、背の順に並んでいますが、背丈が二マイルもある大男からはじまって、「いちばんおしまいは、小指のさきほどもない小人でした」とあります。原文では、ここがthe smallest dwarf who was only as big as my little fingerとなっています。「わたしの小指」といっているのですね。わたしはその通りには訳しませんでしたけれども、ここは、子どもたちを前にして、自分の小指を立てて見せながら語っているガアグが見えるようです。弟や妹が小さかったとき、下宿先の子どもにお話をせがまれたとき、お話を語ってあげていたガアグ。その経験はしっかりと文章の中に生きています。

◆その5　女の人のイメージ

ガアグのグリムのなかにでてくる女の人を見ていくと、そこにワンダの女の人に対する考えが表されていて興味があります。先にも少しふれましたが、ワンダは、十五歳で父親をなくしてから、一家の大黒柱となって、幼い弟妹たちを養育しなければなりませんでした。お金の苦労をいやというほど味わい、様々な方法で収入を得ようと努力しました。当時はまだ、女の人が働くのは当たり前ではなかったので、余計苦労したと思います。

男に生まれたらよかったのに、と日記にこぼしていることもありますし、女性参政権に賛成の意見を述べていたりもします。ワンダ自身、女の身でありながら、自力で生活を切り開いていった人ですから、懸命に生きる女の人に共感し、その人たちの生き方を応援する気持ちがとても強かったと思います。それが、グリムの女主人公の扱いにも反映されているのが見てとれます。

「ヘンゼルとグレーテル」のまま母にしても、亭主がいなくなった子どものことしか考えられないと見てとると、さっさと見捨てて家を出ていく、この態度は、にくいまま母ではあるものの、なんだか生活力にあふれた、たくましい女性像を思わせるところがありはしないでしょうか。

また、「シンデレラ」におけるシンデレラの強さも、際立っています。『完訳グリム童話集』の訳では、母親に舞踏会にいくことを禁じられた灰かぶりは、涙をこぼしたり、泣いたりしています。けれども、ガアグ訳では、泣きません。何度も、何度も頼むだけです。根負けした母親が、鍋にいれた豆をきれいにとりわけるようにいい、シンデレラがそれを小鳥たちの力をかりて、りっぱにやってのけても、舞踏会に行ってもいいとはいいません。高慢ちきな娘たちと母親が、さっさとでかけたあと、ガアグ訳はこういいます。

それでも、シンデレラは、あなたがたが思うように、泣いたり、ふさぎこんだりはしませんでした。それどころか、とつぜん、もうれつにいそがしくうごきはじめました。頭にブラシをかけて灰をおとし、髪の毛が顔のまわりに、金色の雲のようにふわっとかかるまで、くしをいれました。それから、からだをあらったり、こすったり。おかげで、からだはすっかりせいけつになり、ぴかぴかかがやくほどでした。

となります。ここには、非常に主体的、積極的な女性像があるとお思いになりませんか？　シンデレラにかぎらず、どのお話も、女性がたくましい。りっぱに自己主張をして、でんと腰をすえ、存在感を示しています。これもワンダならではの描き方でしょう。「ヘンゼルとグレーテル」の魔女や、「六人の家来」の魔女・女王ですら、女性性をいかんなく発揮している点で、好感が持てます！　きっと女性の読者には歓迎されると思います。

◆その6　ユーモア

最後に忘れてならないのが、ユーモアです。お話の選び方にも、文章にも、挿絵にも、ユーモアがあふれています。民衆の知恵とユーモアは、どの話にも生きています。一巻目の「なまくらハインツ」や、「やせのリーゼル」のおかしさはどうでしょう。二巻目の「かしこいエルシー」や、「三人兄弟」の底抜けのナンセンスにも、お腹からの笑いをよしとするワンダの特長が表れています。

ワンダのユーモアのセンスは、幼いころから、昔話のなかにあるユーモアにたっぷりふれたことからきていると思います。ワンダのもう一つの珠玉のような昔話絵本

『すんだことはすんだこと』の、おかしさ、元気のよさはどうでしょう！　家族で大笑いしながら、こういうお話を聞いた経験が、健康な笑いをたのしむ感覚を育てたことは間違いありません。

それに、何度もいうように、ワンダは、若いとき、経済的に非常に厳しい生活を、長い間にわたって強いられていたのです。ユーモアのセンスは、生活の苦しさを乗り越えるために、なくてはならないものでした。困難な状況を笑いとばすことで、生き抜いてきたワンダは、ユーモアの価値をだれよりもよく知っていたでしょう。それは、何世紀にもわたって昔話を伝えてきた民衆の知恵でもありました。ワンダは、それを文章にも、絵にも、のびのびと、存分に表現したと思います。

おわりに

ワンダ・ガアグのグリムを訳す機会を得て、ガアグのことを少し調べてみた結果、ワンダのグリムの仕事は、絵本の創作全体にも匹敵する彼女の大きな業績ではないかと思うようになりました。それに、絵本の仕事は、最初依頼されてしたのに対し、グリムの仕事は、ワンダ自らが望み、晩年の体調のすぐれないときも、熱心に取り組んでいた仕事です。「昔話がわたしにとってどんな意味をもっていたか、そのすべてを絵のなかに表現しつくすまでは、心がやすまらない」と感じていたワンダは、「そのすべてを絵のなか」だけでなく、「文章のなか」にも表現したのではないでしょうか。

ワンダのグリムは、翻訳である以上に、再話といえるかもしれません。ここにあるのは、あくまでもワンダ・ガアグのグリムです。しかし、ワンダはグリムから、あるいは昔話の本質から離れているわけではありません。あくまでも自分の体験に根差したメルヘンを、子どもたちのたのしみのために再話したのです。幼い日にそれをとことんたのしんだ人の心に残したものを、おとなになって、しかもアーティストになったときに再現した作品がこれだけの豊かさをもつ、ということは、もとのグリムの途方もない大きさ、豊かさ、奥行きの深さを意味するのではないでしょうか。
一九三九年にホーンブックに収録された講演録のなかで、ワンダは、昔話を排斥《はいせき》しようとする動きに対して、真正面から反論して、つぎのように言っています。

――昔話は、ある学派によってひと吹きで空中にふきとばされるほど軽い、ふわふわした実体のないものでもなければ、たよりないつくりごとでもないのです。もっとずっと本質的な実体のあるものなのです。たとえていえば、どっしりと大地に根をおろして生きている大木のようなものです。わたしたちが今見ているのは、もちろん、その空想的な部分――その魔法の幹、枝、そして花、葉っぱです。しかし、その根は、本物で、がっちりしています。人類の過去のずっと先まで届き、古代の神話や宗教に入り込み、多くの国々や、民族の生活習慣に根差しているものなのです。

大地に深く根をおろして生きている大木……何と適切で力強い比喩《ひゆ》でしょう。画家ならではのイメージです。

そして、ワンダは、この講演をつぎのようなことばでしめくくっています。

――わたしは、昔話の運命について、これっぽっちも案じていません。昔話は、それが人類に対してもっている意味を失うには、あまりにも豊かで深く、多くを与えてくれるものであり、なんといってもすばらしく美しいものだからです。

およそ八十年前にワンダが語ったこのことばは、子どもたちに昔話を語ってきた経験をもつわたしたちには、深く共感できるものです。
訳業をこれほどたのしんだ者としては、ガアグならではのこのグリムが、グリムをより多くの子どもたちに近づけ、たのしまれるように心から願わずにいられません。

参考文献

＊『ワンダ・ガアグ　若き日の痛みと輝き　「100まんびきのねこ」の作者が残した日記』ワンダ・ガアグ著　阿部公子訳　こぐま社　一九九七年

＊*Wanda Gág　The Story of an Artist*, by Alma Scott, The University of Minnesota Press, 1949

＊*Wanda Gág* , by Karen Nelson Hoyle, Twayne publishers, 1994

＊『庭園の中の三人　左と右』　マーシャ・ブラウン著　松岡享子／高鷲志子訳　東京子ども図書館　二〇一三年

＊"I Like Fairy Tales" by Wanda Gág, in The Horn Book Magazine, Vol.XV, No.2, March-April, 1939

＊The Horn Book Magazine, Vol. XXIII, No.3 May-June, 1947, In tribute to Wanda Gág: *Her Life Story*, by Alma Scott; *As Artist and Printmaker*, by Carl Zigrosser; *As Writer and Storyteller*, by Ernestine Evans; *Her Editor's Tribute*, by Rose Dubbs; *Fellow Artist's Tribute*, by Lynd Ward; *Letters from Children*, compiled and edited by Earle Humphreys.

＊「グリム兄弟がめざしたもの――語り手のためのグリム童話入門」吉原素子『こどもとしょかん』一三八号（二〇一三年　夏）東京子ども図書館

＊『完訳グリム童話集』全七巻　グリム兄弟著　野村泫訳　筑摩書房

松岡享子

1935年神戸市生まれ。神戸女学院大学英文科、慶応義塾大学図書館学科を卒業後、渡米。ウエスタン・ミシガン大学大学院で児童図書館学を学んだ後、ボルチモア市公共図書館に勤務。帰国後、大阪市立中央図書館勤務を経て、東京の自宅にて家庭文庫を開き、児童文学の翻訳、創作、研究を続ける。1974年、石井桃子氏らと東京子ども図書館を設立し、現在同館名誉理事長。童話に『くしゃみくしゃみ天のめぐみ』（サンケイ児童出版文化賞）、絵本に『おふろだいすき』、翻訳に「くまのパディントン」シリーズ（以上福音館書店）、『三本の金の髪の毛――中・東欧のむかしばなし』、『グリムのむかしばなしⅠ・Ⅱ』（以上のら書店）など多数。

＊本冊子は『グリムのむかしばなしⅠ・Ⅱ』（のら書店）の刊行時に
松岡享子氏によっておこなわれた講演の全文をまとめたものです。

ワンダ・ガアグの
「グリムのむかしばなし」について

2019年4月初版発行　2020年6月第2刷

講演　松岡享子
発行　**のら書店**
東京都千代田区富士見2-3-27　ハーモニ別館102
電話03（3261）2604　FAX03（3261）6112
印刷　吉原印刷

N.D.C904　34P　21cm　ISBN978-4-905015-37-6

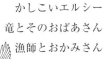

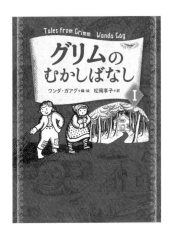

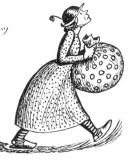

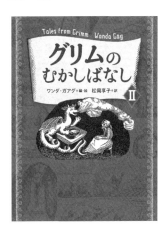

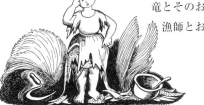

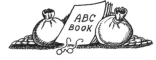